W9-CRF-422

Mi hermana gemela

Crystal Velasquez

SCHOLASTIC INC.

New York   Toronto   London   Auckland   Sydney

Mexico City   New Delhi   Hong Kong   Buenos Aires

This book is being published simultaneously in
English as *My Twin Brother/My Twin Sister*.

ISBN 0-439-74915-8

Cover design by Rick DeMonico
Interior design by Bethany Dixon

12 11 10 9 8 7 6 5 4 3   5 6 7 8 9/0

Printed in the U.S.A.
First printing, April 2005

ada año, cuando se acerca el cumpleaños de mamá, el cerebro de Maya comienza a trabajar tiempo extra para encontrar el regalo perfecto. Nuestro loro Paco diría que se pone un poco mal de la cabeza.

Y este año fue igual.

Todo comenzó cuando Maya y yo estábamos en mi cuarto, haciendo pases con una pelota de fútbol. Nuestro entrenador de fútbol dice que practicar pases cortos mejora el juego.

—Este año tenemos que celebrarlo en grande —dijo Maya entusiasmada mientras pateaba

la pelota—. Mamá ha estado tan ocupada últimamente que merece una gran sorpresa. ¡Una sorpresa así de grande! —añadió abriendo los brazos.

—Quizás debiéramos limpiar nuestras habitaciones. Eso sí sería una gran sorpresa —le dije riéndome. Me di la vuelta y pateé la pelota hacia Maya con el talón.

—Ja, ja —dijo Maya enojada—. Hablo en serio. Tiene que ser algo maravilloso, algo...

Se rascó el mentón y miró hacia el techo mientras se pasaba la pelota de un pie a otro, ensimismada. De pronto, abrió los ojos y su cola de caballo comenzó a subir y bajar.

—¡Algo tropical! —gritó dándole una patada tan fuerte a la pelota que rebotó en la cama y pasó rozando la cabeza de Paco, que se inclinó justo a tiempo.

Maya le sonrió a nuestro loro un poco cohibida.

—¡Huy! Lo siento, Paco —dijo y trató de arreglarle las plumas despeinadas. Entonces el brillo regresó a sus ojos y se le volvieron a encender las bolitas del pelo—. ¡ESO ES, Miguelito! El otro día le oí decir a mamá que le encantaría ir a un lugar tropical para su cumpleaños. ¡Vamos a mandarla a Hawái! ¡Es perfecto!

Hasta Paco la miró como si tuviera tres cabezas. ¿Hawái? Quizás ahora sí se había vuelto loca.

—Este... una linda idea, Maya —le dije yo—, pero tendríamos que pasar años ahorrando para poder hacer una cosa así.

—Eso no es problema. Yo ya tengo un plan.

"Eso es lo que yo temía", pensé.

No me entiendan mal. Yo adoro a mi hermana gemela, y su corazón siempre está en el lugar preciso... pero a veces sus planes... bueno, digamos solamente que a veces los resultados no siempre salen tal y como ella se los había imaginado.

Recuerdo una vez que abuelita trató de enseñarle a Maya a hacer panqueques. El panqueque de Maya era un pequeño círculo perfecto, pero cuando trató de voltearlo en el aire con la espátula, jamás volvió a bajar. ¿Se dan cuenta de lo que quiero decir? Sus planes a veces son como ese panqueque: buenos, pero pegados al techo.

Me imagino que ella siempre me lee todos los

pensamientos en la frente.

—¡Ay, Miguel, tú te preocupas demasiado! Este plan va a salir bien. ¿No has escuchado la emisora de radio local? Han estado hablando toda la semana de un concurso... y el gran premio es un viaje a Hawái para dos personas. Lo que tenemos que hacer es participar y ganar —dijo chasqueando los dedos—. Así de simple, tenemos el mejor regalo de cumpleaños que jamás le hayamos dado.

—Hmm —dije yo agarrando la pelota de fútbol e intentando equilibrarla en la nariz. Di una palmada con mis brazos extendidos—. ¡Argh, argh, argh! Mira, Maya. ¡Soy una foca!

Maya soltó una risita.

—Vamos, Miguel. No cambies el tema. ¿Qué te parece?

Me quitó la pelota de la nariz y la hizo girar en uno de sus dedos.

—Bueno —le dije—, es una posibilidad remota, pero a lo mejor da resultado. Me imagino que vale la pena intentarlo.

Pasamos todo el día siguiente pegados a la radio, tratando de escuchar los detalles del concurso. Bueno, quizás no fue todo el día, pero fue un rato muy, muy largo.

—Acabamos de escuchar "Shelly's Slippery Soap" de los Tongue Twisters —dijo el locutor al final de la canción. Maya y yo agarramos nuestros lápices, listos para anotar toda la información del concurso—. Apuesto a que quieren saber todos los detalles del concurso del viaje a Hawái, ¿no es cierto? Me imagino que estarán ansiosos por conocerlos.

—¡Claro! —gritamos los dos al mismo tiempo.

—Bueno, pues les voy a decir qué deben hacer para ganar...

—¡Dinos, dinos! —le rogamos, pegándonos aún más a la radio—. ¡Dinos!

—...después de estos mensajes de nuestros patrocinadores.

—¡Ah! —Los dos nos relajamos. Llevaba más de una hora diciendo lo mismo.

—Cuando nos lo diga, mamá habrá celebrado tres cumpleaños —se quejó Maya y se echó en el suelo.

—Quizás debemos pensar en un plan B —le dije—. En caso de que nunca diga los detalles del concurso.

Maya se puso de pie de un salto.

—¡Buena idea! —dijo—. ¿De qué otra manera podemos enviar a mamá a Hawái? Déjame ver...

Puse una banqueta en el centro de la habitación y me balanceé sobre el estómago.

—Podríamos ir nadando hasta allá con mamá en nuestras espaldas —sugerí pateando con mis piernas y dando brazadas. Casi podía ver el agua azul a mi alrededor—. ¡Mira! ¡Ahí está Maui!

Escupí el agua salada de mi boca como si fuera una fuente.

—Qué tontería, Miguel —escuché que me decía desde arriba. Alcé la vista y vi a Maya con una capa de superhéroe, volando a poca distancia del agua—. Me parece que iríamos más rápido volando —se adelantó con los

brazos extendidos al frente—. ¡Nos vemos en Hawái! —me gritó.

Abuela Elena entró en ese momento y me vio balanceándome y pateando encima de la banqueta, y a Maya parada en la cama, inclinada hacia adelante, con los brazos apuntando hacia la puerta y con una sábana alrededor del cuello.

—¿Qué voy a hacer con ustedes, niños? —nos dijo poniendo las manos en la cadera. Recogió la ropa para lavar, nos hizo un guiño, sonrió y salió del cuarto. Maya y yo nos miramos y caímos al suelo desternillados de risa.

—Quizás deberíamos considerar esos planes como el Y y el Z, pues no les veo muchas posibilidades —dije yo después de recobrar el aliento.

—¡Aloha! —gritó el locutor—. Se termina la

espera. Escuchen cómo pueden ganar un fabuloso viaje a Hawái. Escriban una composición sobre alguien... cualquier persona que sea muy importante para ustedes.

—¿Eso es todo? —dijo Maya dejando caer el lápiz.

—¡Eso es todo! —contestó el locutor.

—¡Esto es facilísimo! —dijo Maya muy contenta—. Voy a escribir sobre mamá, sobre lo maravillosa que es.

Mi gemela sacó su libreta y comenzó a escribir inmediatamente.

—¡Perfecto! —dijo Maya una hora después, dándole un gran beso a su libreta—. Esta composición va a ser la ganadora del gran premio. Es una lástima que no sea para la escuela. Seguramente me darían una A por ella.

Me la puso en las manos diciéndome que la leyera. Tengo que admitir que era muy buena. Cualquiera que la leyera sabría lo chévere que es mamá y cuánto merece unas vacaciones. Es una excelente cocinera, es superinteligente, es muy buena con los animales y nos soporta a mí y a Maya incluso cuando estamos de mal humor, o peor aún, cuando estamos hiperactivos. Y tiene un increíble sentido del humor, lo cual es muy práctico cuando uno tiene que criar a dos gemelos. Y todo eso lo decía Maya en su composición.

—No está nada mal —le dije—. Creo que va a ganar.

Levanté la libreta por el aire como si se la estuviera mostrando a una multitud de admiradores. Saqué mi *frisbee* de debajo de la cama y se lo puse a Maya en la cabeza como si fuera una corona. Después me puse el puño frente a la boca como si fuera un micrófono.

—Bueno, Maya —dije, imitando la voz del locutor de la radio—, ahora que has ganado el gran premio, ¿qué vas a hacer con él?

—Bueno, Miguel —dijo Maya simulando

que se secaba las lágrimas—, se lo voy a dar a mi mamá como el mejor regalo de cumpleaños y voy a lograr la paz en el mundo entero.

—¡Fantástico! —respondí, hablándole a mi puño.

Maya se echó a reír, me dio un leve empujón y empezó a buscar algo en el escritorio. Sacó un sobre de color amarillo.

—Esto les llamará la atención —dijo. Desprendió cuidadosamente las páginas de la libreta, las dobló en tres y las puso en el sobre color banana—. ¡Vamos a hacer volar a esta paloma!

—¿Uaaaawk? —Paco nos miró con unos ojos inmensos.

—No te preocupes, Paco —le dije para calmarlo—. No vamos a mandar una paloma de verdad. Es solo una manera de hablar —Paco suspiró y se tranquilizó—. Bien, Maya, andando.

Maya fue dando saltitos todo el camino hasta el buzón de correos. Estaba feliz. Casi demasiado feliz, a decir verdad. Parecía estar segura de que iba a ganar. "No me gustaría que se llevara una gran decepción si no gana", pensé. Entre otras cosas porque si no gana, no tendríamos qué regalarle a mamá por su cumpleaños y tendríamos que limpiar nuestros cuartos de verdad, como regalo. Me estremecí.

En ese momento decidí que yo también tenía que participar en el concurso. No se lo diría a Maya por el momento. No quería que fuera a pensar que yo no tenía confianza en su composición, pero no tiene nada de malo tratar de aumentar las posibilidades de ganar, ¿verdad? Sí, es verdad.

Ese día, cuando Maya se fue al Centro Social con abuela Elena, saqué mi libreta y escribí mi composición.

Los días siguientes fueron todos iguales. Maya se levantaba temprano, se vestía y corría hasta el buzón. Volvía con un montón de correspondencia y la revisaba esparciendo las cartas como un minitornado. Cuando se daba cuenta de que los pasajes a Hawái no estaban entre la correspondencia, iba a la radio y subía el volumen.

—Hoy tiene que ser el día —anunciaba por décima vez.

—Eso dijiste ayer y anteayer, y el día anterior...

—Pero hoy te lo digo en serio —me decía

17

con una sonrisa. Tengo que reconocerle eso a mi hermana. Nunca pierde su optimismo.

—Espero que así sea —le respondía, sintiéndome muy escéptico—. Se nos está acabando el tiempo.

Nos sentamos en la cocina con la radio portátil entre los dos. Abuelita estaba haciendo arroz con pollo. El olor me hacía agua la boca. Abuelita sabe que nos encanta el arroz con pollo. Y sabía también lo de la sorpresa. Después del quinto día, se había dado cuenta de que tramábamos algo. Así que le contamos nuestro plan y ella nos prometió guardar el secreto.

—Quizás, mientras esperan, deberían pensar qué podría hacer Rosa en Hawái —dijo abuelita levantando la tapa de la olla y revolviendo el arroz con un cucharón.

—¿Estás bromeando? —dijo Maya levantándose de un salto—. En Hawái hay miles de cosas que hacer.

Gracias a un trabajo que hicimos en la escuela, sabíamos muchas cosas sobre Hawái.

—Puede bucear con *snorkel* y ver todos esos increíbles peces tropicales... —dijo Maya hundiendo sus mejillas, estirando los labios y abriendo bien los ojos.

—Y tienen unas tortugas marinas inmensas, del tamaño de esta mesa —añadí, imaginándome lo chévere que sería nadar con una de ellas.

—¡Y no te olvides del surf! —dijo Maya adoptando poses de surf.

—¡Guau! —grité.

—¡Aloha! —comenzó a cantar Maya. Extendimos las manos con los tres dedos del medio doblados y con el pulgar y el meñique extendidos.

—Mira, abuelita —dijo Maya—. En Hawái, esa señal quiere decir "relájate".

Para nuestra sorpresa, abuelita saltó a su imaginaria tabla de surf y se balanceó sobre una pierna.

—Sí, pero ¿sabes hacer esto? —dijo guiñando un ojo. Maya y yo tratamos de balancearnos en una pierna como abuelita. Estábamos riéndonos tanto y pasándolo tan bien que por poco no escuchamos al locutor cuando dijo algo sobre el concurso.

—¡Shh, espera! —dijo Maya.

—Aloha a todos nuestros oyentes —dijo el locutor—. Tengo una gran noticia. ¡Tenemos al ganador!

—¡AY! —gritamos Maya y yo.

—Apuesto a que quieren saber quién es, ¿no es cierto?

—¡Sí, sí! —le contestamos—. ¡Dilo ya!

—Les voy a decir quién es...

Los dos acercamos nuestras sillas aún más a la mesa.

—...dentro de tan solo tres días —añadió el locutor.

—¡Ay, no! —dijimos Maya y yo, apoyando nuestras cabezas en la mesa.

—Pero sí voy a anunciar los que ocuparon el segundo lugar —continuó—. Los ganadores del afiche y del CD de Tongue Twisters son Sandy Delgado, Mark Kawalski, Maya Santos...

Oh, oh.

Cuando Maya escuchó su nombre entre los

que ocuparon el segundo lugar, levantó la cabeza lentamente y miró la radio sin poderlo creer.

—¡Qué bueno, hijita! ¡Estoy muy orgullosa de ti! —dijo abuelita.

Maya se encogió de hombros.

—Gracias, abuelita.

—Yo también estoy orgulloso de ti —le dije—. ¡Hasta mencionaron tu nombre en la radio!

—Sí, tienes razón —dijo ella y apartó su silla de la mesa de un empujón—. Pero todavía tengo que pensar en un plan B para el cumpleaños de mamá.

Cuando la vi caminar lentamente hacia su cuarto, me di cuenta de que Maya estaba realmente decepcionada por el fracaso de su plan, pero la conozco muy bien y sé que ella no iba a permitir que eso la detuviera.

CAPÍTULO 5

Esa noche, no pude dormir porque Maya estuvo dando paseítos por el pasillo, mientras pensaba en una nueva idea para el cumpleaños de mamá.

—Piensa, Maya —se decía—. Tiene que haber otra posibilidad tan fascinante como Hawái u otro modo de llegar allá.

—No creo —le dije y me reí—. Solo si pudiéramos traer Hawái aquí...

De repente, Maya se detuvo. Sus ojos se iluminaron y las bolitas del pelo comenzaron a centellear.

—¡ESO ES, Miguel! Si no podemos mandar

a mamá a Hawái, se lo vamos a traer acá.

Sacudí la cabeza. Evidentemente, mi hermana necesitaba dormir.

—Maya, necesitaríamos una fuerza increíble para arrastrar una isla entera hasta aquí.

Imaginé a Maya y a mí atando una inmensa cuerda alrededor de Maui y jalándola por todo el océano Pacífico.

—No, tonto. Quiero decir que podríamos convertir nuestro apartamento en un paraíso tropical para el cumpleaños de mamá. ¡Imagínate!

"Este... puede que tenga razón en eso", pensé.

—¿Quieres decir que podríamos poner unas palmeras en las ventanas y cosas así?

—Exacto —respondió ella y comenzó a dar

paseítos de nuevo—. Y podemos poner cocoteros y guirnaldas de flores hawaianas. Quizás hasta podríamos poner arena en toda la sala para que parezca una playa.

—Sí —dije yo, entusiasmándome con la idea—. Y podríamos hacer una pequeña laguna con peces tropicales. Y podemos usar el ventilador para recrear la brisa tropical.

—¡Perfecto, Miguel! Pero no olvides la música. Pondremos canciones hawaianas.

—Sí, y Paco se podría posar en una de las palmeras.

—Claro que sí. Y comida. Tenemos que preparar un banquete, como un "luau" de verdad. Necesitaremos puerco asado, "poi", ensalada, macadamias...

La lista seguía creciendo y yo comencé a tener

mis dudas. A lo mejor iba a ser un problema. Sin duda, era más de lo que podríamos hacer.

—No sé, Maya —le dije—. ¿Crees que podremos hacer todo eso?

—¡Claro que sí! —gritó Maya—. Va a ser más fácil que un "poi" —agregó, y los dos comenzamos a reírnos.

Yo no estaba muy seguro, pero admiraba a Maya por no darse nunca por vencida, aunque estuviera "loca". Además, la imagen que me había hecho en la cabeza parecía un paraíso de verdad.

—Muy bien, cuenta conmigo.

—¡Muy bien! —dijo Maya entusiasmada—. No te arrepentirás.

"Las famosas palabras finales", pensé.

l plan comenzó con cartones y crayolas. Montones de crayolas.

Lo primero que hice por la mañana fue hacer bocetos y colorear cocoteros en cajas vacías del supermercado, mientras Maya hacía cocos de papel maché.

—¿Cómo va todo por ahí? —le pregunté desde el suelo.

Maya estaba trabajando en el escritorio, al otro lado de la habitación, llena de harina, agua y periódicos hasta los codos. Estaba haciendo la mezcla en un recipiente inmenso, produciendo un ruidoso chapoteo. ¡Pof! Le cayó un poco de la mezcla en la cara.

—No importa —dijo Maya limpiándose la mejilla con el hombro—. Estos cocos van a quedar tan bien que darán ganas de comérselos.

Cuando llegó la hora del almuerzo, teníamos dos cocoteros apoyados contra la pared y tres cocos puestos a secar en el escritorio.

—No están nada mal —le dije a Maya.

—¡Gracias! —respondió ella—. Fue fácil. Y tus cocoteros... ¡son increíbles!

—Bueno —le dije estirando el mentón—. Yo soy un artista.

Maya se echó a reír.

—Oye, artista, me he dado cuenta de algo —dijo mirando su ropa y luego la mía—. No parecemos hawaianos. ¡Tenemos que disfrazarnos!

—¡Claro! Ahora vamos a hacer las faldas de hierba y las guirnaldas de flores. ¡Manos a la obra!

Saqué cartulina verde, la corté en tiras largas y finas, y las engrapé en dos cintas para poder ponerlas en la cintura. Mientras tanto, Maya fue a la cocina a hacer las guirnaldas. No teníamos flores hawaianas, de modo que usó palomitas de maíz. Hizo unas guirnaldas largas para el cuello y otras más pequeñas para la cabeza.

Cuando terminamos, nos veíamos ridículos en aquellos disfraces. No me hubiera gustado que nuestros amigos nos vieran con aquel aspecto, pero lo estábamos pasando en grande. "La próxima vez haré trajes de guerreros de Samoa", pensé.

Maya comenzó a bailar el hula-hula.

—Aloha-hoooo —comenzó a cantar—. Aloha-hoiii...

Yo también comencé a bailar. Movíamos las caderas y las chocábamos al bailar.

—Necesito una pareja —dije agarrando una palmera. Le di otra a Maya y seguimos bailando hasta que nos quedamos sin aliento.

De repente, Maya miró el reloj.

—¡Dios mío! —gritó—. Mira la hora que es y todavía tengo que ir a la tienda a comprar el CD de música hawaiana.

—Y yo tengo que ir a la tienda de mascotas para ver si papá nos presta unos peces tropicales —le dije.

Nos quitamos los disfraces y salimos a dar los toques finales a nuestro plan.

Por fin llegó la víspera del cumpleaños de mamá. Estábamos ansiosos por ver la cara que iba a poner cuando viera nuestro regalo, pero tuvimos que pedirle ayuda a papi.

—Trata de que ella se acueste temprano esta noche —le rogué.

Papi nos miró entrecerrando los ojos.

—Hmm... primero me piden unos peces y ahora esto. ¿En qué andarán ustedes?

Los dos nos encogimos de hombros y respondimos:

—En nada.

—Con que nada, ¿eh? —dijo cruzándose de brazos y alzando una ceja.

—Bueno, está bien —confesé—. Es una sorpresa para mamá por su cumpleaños. Necesitamos tiempo para preparar todo para mañana —le dije. En su cara se dibujó una sonrisa y aceptó ayudarnos.

Cuando mamá y papá se acostaron, Maya y yo sacamos todas nuestras creaciones, una por una.

—Esto va a quedar fantástico —alardeó Maya. Entonces puso los cocos en el suelo.

—Claro que sí —le dije mientras apoyaba los cocoteros contra la pared.

—¿Y qué pasó con la laguna?

—¡Ay!, por poco se me olvida —le respondí. Fui corriendo al cuarto y volví con una pequeña pecera que tenía un pez de colores—. Aquí está.

Me miró extrañada. Entonces le expliqué:

—Papi me dijo que no le parecía buena idea traer los peces tropicales, y le pedí prestado a Andy su pez de colores, Soggy.

Ella se encogió de hombros.

—Bueno, está bien.

—¿Y el CD de música hawaiana? —le pregunté.

—¡Ay! —dijo y se dio una palmada en la frente mientras sacaba un CD de música de tambores de metal—. Esto era lo más parecido que había en la tienda de música —dijo un poco nerviosa.

—Bueno, está bien —respondí.

Pusimos todo en su lugar y nos apartamos

para admirar nuestra obra. Las palmeras se habían doblado y estaban muy inclinadas hacia un lado, como si estuvieran exhaustas de bailar hula-hula. Los cocoteros aún estaban muy húmedos y olían a pegamento. Además, la pecera no parecía de ningún modo una laguna tropical, y abuelita había dicho que no quería ni oír hablar de arena en la casa. No nos había quedado perfecto, pero si se miraba con un poco de imaginación (o con mucha imaginación) no se veía tan mal.

Al día siguiente, nos levantamos temprano para terminar los preparativos. Estábamos tan entusiasmados como si fuera Navidad. Incluso caminamos en puntillas para no despertar a nuestros padres.

Entre los dos trajimos el pesado ventilador desde el otro lado de la sala para que el aire le diera de frente a mamá cuando entrara. Después traje a Paco y lo puse sobre uno de los cocos.

—Tú también eres parte de la sorpresa de cumpleaños, Paco —le susurré.

—¡UAAWK! ¡Sorpresa! —gritó Paco.

—¡Shh! —dijimos los dos al mismo tiempo para que cerrara el pico—. ¡Todavía no ha llegado el momento!

Maya fue a la cocina y vino con una bandeja llena de uvas, rodajas de piña y té helado. No tuvimos tiempo de asar un puerco y hacer "poi", pero pensamos que con las frutas y el té bastaría. Finalmente, estaba todo listo.

—¡Despierta, mamá! Es hora de celebrar tu cumpleaños —gritamos los dos.

Mamá y papá entraron en la sala vestidos con sus batas de dormir y sus pantuflas, restregándose los ojos.

—¿Qué pasó? —preguntó mamá medio dormida.

—¡FELIZ CUMPLEAÑOS! —gritaron Maya y Paco mientras yo encendía el ventilador—.

¡Feliz cumpleaños! ¡Bienvenida a Hawái!

Lo malo fue que el ventilador resultó ser más potente de lo que yo esperaba. Mamá apenas había comenzado a observar nuestra obra cuando el viento del ventilador le dio en la cara, haciendo volar su pelo. Cuando traté de desviar la corriente de aire, la dirigí hacia los cocos, y estos comenzaron a rodar por el suelo, incluido el coco sobre el que estaba Paco.

—¡Ay, qué lástima! —gritó Maya y salió corriendo tras el coco rodante que se llevaba secuestrado a Paco. Al fin logró atraparlo y sacarle las patas a Paco del papel maché—. Disculpa, Paco.

Paco salió caminando. Las patas se le pegaban al piso.

—No me gustan las sorpresas —graznó.

Maya miró a nuestros padres y se puso colorada.

—¡Esperen, casi se me olvida!

Sacó el CD y lo llevó al equipo de música, pero tenía las manos llenas de pegamento de los cocos y el CD se le quedó pegado a los dedos.

—¡Oh, no! —gritó.

Apagué el ventilador, pero era demasiado tarde. Los cocos habían dejado tres franjas de pegamento por toda la sala, las palmeras se habían caído y el pelo de mamá estaba todo despeinado. Nuestro Hawái no era un paraíso. Era un caos total.

Maya estaba cabizbaja, con el CD aún pegado en sus dedos. Era evidente que se sentía avergonzada y molesta por lo mal que había salido nuestro sueño tropical, pero entonces escuchamos a mamá. Un momento. ¿Estaba... riéndose?

—Vengan acá, mis hijos —dijo muy alegre y con los brazos abiertos. Nos abrazó tan fuerte que yo casi no podía respirar. Después nos dio un beso a cada uno en la cabeza—. Es tan lindo que ustedes hayan tratado de hacer todo esto por mí. ¡Me encanta! Estoy emocionada —añadió, y se le escapó una lágrima.

—Está bien, mamá —le respondí—. No te pongas sentimental.

—Hoy se puede poner todo lo sentimental que quiera —respondió Maya—. Es su cumpleaños.

Esa noche, después de limpiar los restos de nuestra versión de Maui, hicimos una fiestecita de cumpleaños en nuestro apartamento. Abuelita hizo sus famosas empanadas de queso y carne y de postre hizo un flan, que es el postre preferido de mamá.

—¡Qué sabroso! —le dijo mamá a abuelita.

Todo estaba delicioso. Incluso dejamos que Paco se comiera una de las guirnaldas de palomitas de maíz por haber sido tan paciente.

Después apagamos las luces y papá entró en la habitación con un pastel de chocolate inmenso, lleno de velitas.

—¡Pide un deseo! —le dijo Maya. Mamá respiró profundamente y sopló con todas sus fuerzas. Las velitas se apagaron, pero al instante volvieron a encenderse. Ella le sonrió a papá. Eran velitas de truco. Las que le gustan a papá. Todos nos echamos a reír e intentamos apagarlas. Al final, abuelita las sacó del pastel y les echó agua.

Más tarde, mamá abrió sus regalos. Papá le regaló un lindo vestido rojo y abuelita le regaló unos aretes de oro.

Mientras mirábamos a mamá abrir los regalos, Maya aún parecía enojada.

—¿Qué te pasa? —le pregunté.

—No es nada —contestó—. Solo quisiera que hubiéramos podido hacer realidad su verdadero deseo de cumpleaños.

De pronto, en mi cabeza sonó una alarma. ¡Oh, no! Me había olvidado completamente del concurso de la radio. No habíamos escuchado la radio en todo el día y esta noche anunciarían los ganadores.

orrí hasta la radio y sintonicé la estación del concurso. Estaban poniendo una bachata muy rápida. Papi le extendió la mano a mamá.

—¿Me concede esta pieza?

Ella asintió y comenzaron a bailar por toda la habitación. Se veían muy cómicos con las faldas de hierba que Maya les había puesto.

Al terminar la canción, el locutor comenzó a hablar.

—¡Aloha! —volvió a decir—. El momento que todos esperaban finalmente ha llegado... vamos a anunciar el ganador del gran premio de nuestro concurso: unas vacaciones en Hawái.

Entonces sonó un redoble de tambores que terminó con el sonido metálico de un platillo.

—El ganador es... ¡MIGUEL SANTOS!

—¡Yujuuu! —grité levantando un puño en el aire.

La quijada de Maya golpeó el suelo y los ojos se le salieron como los de esos peces que papá tiene en la tienda.

—¡Shh! —dijo el locutor como si estuviera escuchándome—. Quiero leer unos fragmentos de la composición ganadora. Cuenta cómo su hermana gemela, Maya, trató de ganar este concurso para hacerle un regalo a su mamá. Es lindo, ¿verdad? Escuchen: "Cada año, cuando se acerca el cumpleaños de mamá, el cerebro de Maya comienza a trabajar tiempo extra".

—¿Tú escribiste sobre mí? —me preguntó Maya.

—Solo quería ayudarte con lo del concurso, por si acaso —dije con la esperanza de que no estuviera enojada conmigo.

—¡Estoy encantada! —dijo y dio un salto y luego me dio un abrazo casi tan fuerte como el de mamá.

—¡Eh!, aún no he terminado —dijo el locutor. Nosotros nos quedamos en silencio—. Aquí en la estación nos pareció que la composición era tan buena, que hemos añadido tres pasajes para que viaje toda la familia.

—¿Incluso yo? —dijo abuelita.

—¡Incluso la abuela! —respondió el locutor. Era increíble, parecía estar escuchando lo que nosotros decíamos. Empezamos todos a dar saltos de alegría y a abrazarnos. Paco volaba sobre nuestras cabezas y gritaba:

—¡Aloha, aloha!

Yo estaba encantado de ver lo contentas que estaban Maya y mamá. Tenían unas sonrisas de una milla de ancho.

—Bueno, después de todo, te pudimos dar un gran regalo, mamá —le dijo Maya.

—¡Ay, *mija*! —respondió mamá, y le dio un abrazo bien fuerte a Maya. Después me llamó y también puso su brazo alrededor de mi cuerpo—. Jamás he recibido un regalo mejor que mis hijos gemelos.

Mi hermano gemelo

Crystal Velasquez

SCHOLASTIC INC.

New York   Toronto   London   Auckland   Sydney
Mexico City   New Delhi   Hong Kong   Buenos Aires

This book is being published simultaneously in
English as *My Twin Brother/My Twin Sister*

ISBN 0-439-74915-8

Cover design by Rick DeMonico
Interior design by Bethany Dixon

10 9 8 7 6 5 4 3   5 6 7 8 9/0

Printed in the U.S.A.
First printing, April 2005

Mi hermano Miguel es increíble... y no lo digo porque sea mi hermano gemelo. ¡De veras es increíble! Es inteligente, sabe miles de chistes y siempre me devuelve a la realidad cuando mi cabeza está en las nubes. Bueno, al menos casi siempre, pero parece que por muy increíble que seas, a veces se te olvida. Lo bueno es que yo estoy siempre cerca para recordarle lo fantástico que es.

Un día, estaba mirando cómo organizaba Miguel sus cosas en una mesita frente a la clase del Sr. Nguyen cuando sonó la campana de la primera clase del día.

—Um... ¿Miguel?—le pregunté mientras revisaba el montón de tarjetas que había puesto sobre la

mesa—. ¿Cuántas presentaciones tienes que hacer hoy?

Mi amiga Maggie, que estaba a mi lado, trató de contener la risa. Tocó con un dedo la maqueta de un edificio.

—¿Para qué es eso?

Miguel me quitó las tarjetas y apartó la mano de Maggie de la maqueta.

—Es un modelo a escala de una ruina azteca que se encuentra en la ciudad de Cuernavaca.

—¡Uuuh! —dijimos Maggie y yo a la vez, burlándonos—. ¡Aaaah!

—Bueno, señoritas, ya está bien —dijo Miguel levantando la mano como hace la guardia de tráfico para indicarnos que esperemos en la esquina—. Sé que es difícil estar cerca de alguien tan brillante, pero traten de controlarse. Como podrán ver hoy, soy solo un genio como cualquier otro —dijo. Se

pasó las manos por el cabello y se subió el cuello de la camisa. Y casi logró hacerlo sin sonreír.

Estábamos muriéndonos de risa cuando entró el Sr. Nguyen con un montón de libros y papeles en la mano.

—Listo —dijo Miguel desplegando un afiche inmenso con una línea cronológica de la historia de la cultura azteca—. Llegó la hora de dejar a todos boquiabiertos.

—O por lo menos "ojiabiertos" —le dije en broma—. Buena suerte, Miguelito.

—Gracias, Maya —me respondió. Miró al maestro—. Buenos días, Sr. Nguyen. Estoy listo para mi presentación...

—Ah, Miguel —lo interrumpió el Sr. Nguyen—, ¿podrías esperar un poco? Tengo que decir algo a toda la clase.

—Eh, sí... por supuesto —dijo Miguel. Recogió

todas sus cosas y regresó a su asiento.

—Bien, ahora atiendan un momento, por favor —dijo el Sr. Nguyen dando unas cuantas palmadas para que nos calláramos (lo cual no es muy fácil)—. Hoy tenemos un nuevo estudiante en la clase.

Se acercó a un muchacho de cabello oscuro que estaba de pie junto a la puerta, más callado que una piedra. El muchacho entró y miró a los estudiantes mientras el Sr. Nguyen nos pedía que le diéramos la bienvenida.

—Ahora, preséntate —le dijo al recién llegado, que se aclaró la garganta y tragó en seco, tan fuerte que pudimos oír un "glup".

—Hola —comenzó a decir nerviosamente—. Eh... me llamo Carlos Márquez.

—¡HOLA, CARLOS! —gritó toda la clase. Todos nos echamos a reír.

Eso rompió el hielo y Carlos sonrió también.

—Acabo de mudarme del Japón, donde mi padre estaba destinado como infante de marina. Antes de eso estuvimos en Brasil y antes de Brasil en Italia, y antes de Italia... —Carlos se rascó la cabeza—. Bueno, la lista es muy larga.

Miguel y yo nos miramos boquiabiertos.

—¡Chévere! —susurró Miguel.

—En fin, estoy feliz de estar aquí —dijo Carlos—. Ojalá que sea por un buen tiempo.

Por un momento, toda la clase se quedó en silencio. Y de pronto fue como si estuviéramos en el *Super Bowl:* ¡la multitud estalló en gritos! Todos rodearon a Carlos y comenzaron a hacerle preguntas: "¿Cómo era la escuela en Japón?" "¿Has visto las pirámides de Egipto?" "¿Viste algún partido de fútbol en Brasil?". El maestro trató de restaurar el orden, pero todos estábamos entusiasmados. Es que tener un nuevo compañero en la clase siempre

es interesante, pero en el caso de Carlos era superchévere, porque había vivido prácticamente en todas partes.

Me iba a acercar a Carlos para preguntarle si tenía alguna mascota —no sé, quizás una llama—, cuando miré por encima del hombro y vi a Miguel cabizbajo, mirando fijamente sus tarjetas. Suspiró y las metió en su mochila. Con toda la conmoción, me había olvidado de que este debía haber sido el momento estelar de Miguel.

—Oye, Miguel —le dije—, siento que no hayas podido hacer tu presentación.

—Está bien —contestó estirando el cuello, buscando algo entre la multitud—. Maya, ¿no crees que Carlos es un tipo superchévere? Tengo que darle la bienvenida. Estoy seguro de que vamos a ser grandes amigos.

—Así se habla —le dije, pero antes de que

pudiera terminar la frase, Miguel ya se había metido entre los demás para saludar a Carlos. Se dieron un apretón de manos.

—Si necesitas que alguien te enseñe la escuela —le dijo Miguel—, cuenta conmigo.

—Perfecto —le dijo Carlos con una expresión de alivio en el rostro—. Tenía miedo de ir a buscar el baño y meterme en el armario de la limpieza.

Miguel se echó a reír.

—No te preocupes —le aseguró a Carlos—. Te voy a enseñar todos los trucos.

U n poco más tarde, a la hora del almuerzo, Miguel y yo fuimos a buscar a Carlos.

—Ándale, Maya —dijo Miguel chasqueando los dedos mientras hacíamos la cola del almuerzo—. Si no nos apuramos, no podremos invitar a Carlos a nuestra mesa.

Me daba cuenta de que Miguel de veras quería hacerse amigo de Carlos, y ustedes me conocen, lo único que yo quería en ese caso era ayudarlo.

—Está bien, está bien —le dije mientras ponía un plato de uvas en mi bandeja—. No te desesperes.

Pero cuando llegamos a la mesa donde siempre nos sentamos, Carlos ya estaba rodeado por la mitad de la clase. La sonrisa de Miguel se desvaneció. Por

lo visto no era el único que quería hacerse amigo de Carlos.

—No importa, cuando Carlos se dé cuenta de cuántas cosas tienen ustedes en común, se van a hacer amigos en un abrir y cerrar de ojos.

Tuvimos que apretujarnos en un banco como sardinas en lata.

—Hola, muchachos —nos saludó Theo—. Llegan justo a tiempo. Le estábamos hablando a Carlos de nuestro equipo de fútbol.

—¿Si quieres entrar en el equipo —le dijo Miguel a Carlos—, te puedo dar algunos consejos después de las clases.

—Sí —añadí yo—. Con su ayuda, vas a estar listo enseguida.

—Gracias —contestó Carlos—. Ojalá sea bastante bueno para entrar en el equipo.

—¿Bastante bueno? —dijo Andy abriendo sus

ojos azules del tamaño de pelotas de baloncesto—.
Carlos vivió un año en Brasil, ¿recuerdas? —le
dijo a Miguel—. Allí el fútbol es superpopular.
Probablemente pueda enseñarnos un millón de
cosas a nosotros.

Miguel y yo miramos a Carlos, que se encogió de
hombros y dijo:

—No juego mal, pero todavía tengo que aprender
muchas cosas.

—Si quieres puedes comenzar ahora mismo
—anuncié yo—. De hecho... —Las bolitas de mi pelo
comenzaron a brillar cuando se me ocurrió la gran
idea—. ¡Eso es! Miguel, ¿por qué no le muestras
algunas de tus jugadas estilo Santos ahora mismo?

—Um... ¿ahora mismo? —dijo Miguel mirándome
con el ceño fruncido como queriendo decirme: "¿Te
has vuelto loca?".

—¿Por qué no? —continué entusiasmada.

—Base de control desde la Tierra, mensaje para Maya —dijo Chrissy—: Estamos en el comedor y no tenemos una pelota de fútbol aquí.

—¡Es verdad! —dije levantando el dedo índice—, pero lo único que necesitamos es un poco de imaginación —dije entregándole una uva a Miguel—. Aquí está tu pelota de fútbol. Y aquí —dije señalando la mesa—, está la cancha.

—¡Ah, y aquí tienen el arco! —gritó Chrissy entusiasmada mientras sostenía dos popotes en el extremo de la mesa.

—Si quieres, yo juego en la defensa. Hay que "correr" por la cancha con los dedos, como si fueran piernas.

—Bueno, si ustedes quieren... —dijo Miguel con una gran sonrisa. Empezó a "correr" con los dedos hacia la uva—. ¡Empezó el partido!

Todo el mundo comenzó a gritar cuando pateó

la "pelota" por la izquierda, tratando de bordear mi mano, pero la bloqueé y le volví a lanzar la uva a los dedos. Miguel hizo un pase por la derecha y pateó la pelota entre mis dedos, metiéndola entre los popotes y... ¡PLAF! Le dio directamente en la cara al Sr. Nguyen, que estaba sentado en la mesa de al lado conversando con otros maestros. ¡Ay!

—¡Eh! —gritó, quitándose los restos de uva de la cara.

—Disculpe, Sr. Nguyen —dijo Miguel tratando de desaparecer bajo el banco.

A todo el mundo le pareció muy divertido, pero me di cuenta de que Miguel había pasado muchísima vergüenza.

D e regreso a casa, Miguel se veía un poco triste.

—¿Qué te pasa? —le pregunté.

—Nada. Es que Carlos jugaba fútbol en Brasil —dijo abriendo los brazos—, y yo lo único que le he demostrado es que puedo tirarles uvas a los maestros.

—Bueno, si lo dices así parece muy tonto —dije tratando de no reírme. Volteé la cabeza y me tapé la boca. Al principio Miguel me miró enojado, pero después empezó a reírse también.

—Bueno, sí, fue cómico —dijo—. Lo podemos llamar "el gran gol de la uva".

—Oye, eso suena muy bien —le respondí.

—Carlos es tan chévere —continuó Miguel—. Creo que seremos grandes amigos, pero ahora probablemente piensa que soy un tonto.

—Oye, nadie cree que tú eres tonto —respondí—, pero a lo mejor puedes hacer algo para impresionar a Carlos.

—Cuidado, hermanita. Eso suena a uno de tus planes.

—¿Planes yo? —dije pestañando inocentemente.

Miguel cruzó los brazos y me miró fijamente.

—Te conozco, Maya. Sé cuando tienes una idea. Las bolitas de tu pelo parecen alumbrar toda la cuadra.

Las bolitas de mi pelo siempre me delatan.

—Está bien, tienes razón. Se me ha ocurrido una idea. Pensé que podrías hacer algo para que tu presentación fuera aún más interesante. La tienes que hacer la semana que viene, ¿verdad?

—Sí —dijo Miguel con desconfianza—. Y ya la tengo preparada, pero...

—¿Pero qué? —le pregunté.

—Bueno... me quedó bien —dijo pensativo—, pero quiero que sea genial.

—¿Qué te parece entonces si le pedimos a mamá que nos ayude a poner las fotos de tu línea cronológica en la computadora? —le sugerí—. Así, se las podrías mostrar a la clase como diapositivas con la computadora del Sr. Nguyen.

Miguel se rascó la barbilla.

—¿Sabes qué? Aunque me cueste mucho, tengo que admitir que esa idea es brillante.

—¿Qué quieres que te diga? —respondí agitando mi cola de caballo—. La genialidad se hereda en esta familia. Entonces, ¿qué esperas? ¡Manos a la obra!

Nos apuramos para llegar a casa y pedirle ayuda

a mamá.

—Me parece una gran idea —dijo ella—. Yo ya empecé a hacer lo mismo con las fotos de cuando ustedes eran bebitos, ¿ven?

Puso entonces un disco en la computadora y nos mostró fotos y más fotos de Miguel en camiseta y pañales, chupándose el dedo, comiendo puré de zanahorias.

—¡Ah, Miguelito! —dije yo—. ¡Qué lindo eras!

—Sí, sí, sí —respondió—, pero asegúrate de que mis amigos no vean nunca esas fotos, mamá. Nunca me recuperaría de un desastre así.

—No te preocupes, hijito —dijo mamá como si le estuviera hablando a un bebé y le pellizcó la mejilla. Entonces puso un disco en blanco en la computadora y le mostró a Miguel cómo convertir su afiche en diapositivas.

F inalmente llegó el día de hacer el resto de las presentaciones. Maggie se paseaba de un extremo a otro del aula, como un gato asustado.

—Cálmate, Maggie —le dijo Miguel—. Me vas a marear—. Puso los ojos bizcos y sacó la lengua.

—Además, estás muy elegante —añadí yo. Maggie iba hacer una presentación sobre la ceremonia japonesa del té y tenía puesto un kimono tradicional.

—¡Gracias! —dijo Maggie—. Menos mal que no voy a hacer mi presentación sola.

En ese momento llegó Carlos.

—Estoy listo cuando quieras —le dijo a Maggie.

Maggie nos explicó que como Carlos hablaba un poquito de japonés, el Sr. Nguyen había permitido que ayudara a Maggie a hacer su presentación.

—Guau, Carlos sabe tres idiomas. ¡Qué chévere! —me susurró Miguel mientras ellos se dirigían al frente de la clase.

Asentí con la cabeza. Carlos era superchévere, pero yo estaba ansiosa de que Miguel les demostrara a todos que él tampoco se quedaba atrás.

Lo bueno fue que la presentación de Maggie fue muy buena. Carlos hizo toda la ceremonia en japonés y Maggie sirvió té de verdad a toda la clase. ¡Delicioso! Todos aplaudieron.

Entonces le tocó el turno a Miguel.

—Arriba, hermano —le dije entregándole el disco—. Casi te olvidaste de traerlo esta mañana.

—¡Ay, ay, ay! Gracias, Maya. ¿Qué haría sin ti?

Fue al frente, mostró a la clase la maqueta

y se puso a leer sus tarjetas. Después, fue a la computadora del Sr. Nguyen y puso el disco.

—Estas son las ruinas tal como se ven hoy en día —dijo Miguel.

En vez de las ruinas, lo que comenzamos a ver fueron diapositivas y más diapositivas de Miguel en pañales. Todos estaban muertos de risa en la clase.

—¡Linda combinación, Miguel! —le dijo Maggie riéndose.

Seguramente me confundí y traje el disco de mamá en lugar de traer el de Miguel.

A Miguel los ojos parecían salírsele de la cara. Trató de sacar el disco, pero estaba atascado.

"Y ahí está Miguel chupándose el dedo —pensé yo—, y Miguel durmiendo con su osito de peluche..." Miré a Carlos. Se estaba desternillando de risa. ¡Qué desastre!

Menos mal que Miguel no se deja nunca dominar por el pánico. Regresó a su asiento, trajo su afiche y lo puso delante de la pantalla de la computadora. En unos momentos volvió la calma y todo el mundo comenzó a escuchar su presentación. Bajé la cabeza aliviada. Estaba segura de que mi hermano olvidaría muy pronto lo sucedido.

—J amás olvidaré lo que sucedió hoy, Maya —me dijo Miguel esa noche en mi cuarto.

Hice una mueca.

—Pero no fue tan malo, ¿verdad?

—¿No fue tan malo? —casi podía ver el humo que le salía por los oídos.

—Bueno, mi plan no salió muy bien hoy. Te pido mil perdones por eso, Miguel.

—¡Uuack! Mil perdones —tradujo Paco posándose en la cabeza de Miguel.

Miguel lanzó un suspiro encogiéndose de hombros.

—Está bien. Sé que fue un accidente, pero ahora Carlos va a pensar que soy tonto de veras...

enseñando fotos de cuando era un bebé.

—Hum... —el cerebro me daba vueltas—. Tiene que haber una manera de demostrarle lo chévere que eres... ¡Eso es! —grité levantándome de un salto—. Mañana tenemos un partido de fútbol muy importante. Esa será tu oportunidad para enseñarle a Carlos tus verdaderas jugadas estilo Santos. Ya sabes, sin uvas.

Paco levantó la cabeza.

—¿Uvas? A Paco le gustan las uvas. Dame uvas.

—Lo siento, Paco —le dije—. Estamos hablando de algo que sucedió antes.

Paco graznó decepcionado y volvió a acomodarse en la cabeza de Miguel.

—Creo que tienes razón —admitió Miguel—. Yo podría impresionar de verdad a Carlos en una cancha de fútbol.

—Sobre todo si haces una jugada nueva, que parezca de otra galaxia.

—¡Sí! —respondió Miguel entusiasmado—. Mañana voy a hacer algo tan increíble, que Carlos va a querer hacerse amigo mío.

—¡Muy bien! —grité, dándole una palmada en la espalda.

Al día siguiente por la tarde, casi al final del partido, estábamos empatados, y un gol podría darle la victoria a cualquiera de los dos equipos. Aunque yo quería que mi equipo ganara, de algún modo tenía la esperanza de que Miguel, que estaba en el otro equipo, tuviera finalmente la oportunidad de lucirse. Yo no lo iba ayudar, pero conociendo a mi hermano, esperaba que al final hallara el modo de apoderarse de la pelota y meter el gol de la victoria.

El árbitro hizo la cuenta regresiva y de pronto, la pelota estaba en movimiento otra vez. Venía tan

rápido que por poco la pierdo de vista. Rebotó en la rodilla de una chica y después Miguel la llevó hacia el arco burlando a varios defensas.

Tuve que controlarme para no comenzar a gritar para alentar a Miguel. Y entonces, la pelota vino hacia mí. Estaba decidida a llevarla por la cancha hacia el arco del otro equipo, pero cuando la tenía en la posición perfecta para patearla a través de la cancha, un jugador del equipo contrario se adelantó y me la quitó, pasándosela directamente a mi hermano. Miguel estaba libre y me di cuenta que era el momento perfecto para que hiciera su jugada. Comenzó a hacer un giro muy complicado con una pierna en el aire, pero parece que la hierba estaba muy mojada, pues resbaló y cayó de espaldas produciendo un ruido sordo.

—¡Uf! —gritamos Miguel y yo al mismo tiempo.

Mientras tanto, la pelota se fue rodando hacia

la línea. Cuando ya parecía que iba a salirse de la cancha, Carlos llegó volando nadie sabe de dónde y la detuvo un segundo antes de que saliera por la banda. La elevó con el pie y con un toque de cabeza perfecto, la metió en el arco. ¡Fue increíble! Se podía oír al entrenador gritar desde la banda: "¡Gooooool!". Todo el equipo estaba impresionado con la increíble jugada de Carlos. Empezaron a corear: "¡Car-los! ¡Car-los!".

Finalmente, Miguel se levantó y comenzó a corear también, pero pensé que jamás volvería a intentar aquella jugada.

D espués del partido, los del equipo llevaron a Carlos a comer pizza para celebrar la victoria.

—Carlos —dijo Miguel poniéndose de pie—, levanto mi pizza en tu honor.

—¡Por Carlos! —gritaron todos los del equipo levantando sus pedazos de pizza. Y cada uno le dio una mordida inmensa a su pizza.

—No fue nada del otro mundo. Fue solo un golpe de suerte —dijo Carlos nervioso.

—¿De veras? —le dijo Andy—. Pues nos vendría bien tener un montón de esos golpes de suerte —dijo bromeando.

Al salir de la pizzería, cuando todos se iban ya a casa, me acerqué a Carlos.

—¡Oye!, me había olvidado preguntarte. ¿Tienes alguna mascota? —todavía tenía esperanzas de que fuera una llama.

—¡Ojalá tuviera una mascota! —dijo él—. Me mudo con demasiada frecuencia para tener una mascota.

—Bueno, entonces deberías venir a la tienda de mascotas de mis padres este domingo —le dijo Miguel—. Tenemos tantas mascotas que ya no sabemos qué hacer con ellas.

—¿De veras? Gracias. Me parece estupendo.

Yo sabía que Miguel solo estaba tratando de ser atento, pero me pareció una idea perfecta. Sabía que acababa de llegar una perrita sabuesa y papi había dicho que era el cachorro más cariñoso que

había visto jamás. Lo único que tenía que hacer era dársela a Miguel cuando Carlos estuviera en la tienda y la perrita se encargaría del resto.

Ese domingo, Carlos llegó muy temprano a la tienda.

—Bienvenido, Carlos —le dijo mamá—. He oído hablar mucho de ti. Qué bueno que hayas venido.

—Gracias, Sra. Santos —respondió Carlos muy respetuoso.

—Bueno, ¿quién quiere ayudarme a limpiar las jaulas de los perros? —preguntó mamá.

—¡Yo, yo! —grité enseguida. Miguel me miró sorprendido. A nosotros nos encantan los perros, pero limpiar las jaulas no es ninguna fiesta. Se dio cuenta de que yo planeaba algo—. Bueno, es que a mí me encantan los cachorros —dije tratando de explicarle mi entusiasmo.

—Bueno, si tú lo dices —dijo Miguel y agarró una escoba para comenzar a limpiar. Mamá y yo comenzamos con los perros más viejos, y después de la tercera o cuarta jaula maloliente, comencé a reconsiderar mi decisión. ¡Puaj! Pero cuando finalmente llegamos a los cachorros, me pareció que había valido la pena.

La pequeña sabuesa era preciosa. Era blanca y tenía el hocico marrón y unas orejotas inmensas. Se paró en dos patitas contra los barrotes de la jaula con la lengua afuera. Esto iba a ser mejor aún de lo que yo había imaginado. Cuando mamá salió para sacar la basura, saqué a la perrita de la jaula con mucho cuidado, sosteniéndola en el aire mientras se retorcía como un pez fuera del agua.

—Miguel, ¿puedes sostenerla mientras limpio la jaula? —le pedí.

—Por supuesto —respondió.

En cuanto la cargó, la perrita se puso loca de contenta, comenzó a lamerle las manos, la cara y a olisquearle el cuello.

—¡Guau! Está loca contigo —le dije.

—Sí —dijo Carlos—. Eres bueno con los animales.

Miguel no pudo dejar de sonreír, mientras trataba de controlar a la perrita.

—Sí, quizás... —comenzó a decir.

Pero en ese mismo instante, la perrita se le escapó de las manos. ¡Oh, no! Todavía no tenía mucho control sobre sus patas y empezó a tropezar con todo. Saltó sobre un montón de papeles que había en el suelo junto a la puerta y se esparcieron por el piso. Después se resbaló con uno de los papeles y chocó contra la pata de una mesa. Era la mesa de

las jaulas de pájaros, y estos comenzaron a chillar y a gorgojear al sentir el golpe. Y, por supuesto, los perros comenzaron a ladrar.

Miguel salió detrás de la perrita y se chocó con una pecera sin peces que se rompió, derramando agua por todo el piso. Finalmente, Miguel atrapó a la perrita entre los tanques de las iguanas y las jaulas de los hámsteres.

—¡Te agarré! —dijo y metió rápidamente a la fugitiva en la jaula que ya estaba limpia. Lo malo era que el resto de la tienda era ahora un desastre.

—¡Guau! Esto parece un rodeo —dijo Carlos sonriendo.

Mamá regresó en ese momento y se quedó mirando el panorama.

—¡Ay, ay, ay! —dijo tapándose la cara con las manos—. ¿Qué les pasa a ustedes hoy?

—Lo siento, mamá —dije yo—. Lo vamos a limpiar todo—. Después me volví hacia Miguel para susurrarle—. Lo siento. Solo quería mostrarle a Carlos que tienes un talento especial para los animales.

—Muchas gracias —dijo Miguel—, pero creo que para lo único que tengo talento es para echarlo todo a perder.

Después de ese incidente, Miguel no quiso saber nada más de mis ideas "brillantes".

—Y si pudiéramos... —comencé yo.

—De ninguna manera.

—Pero y si...

—Ni hablar. Olvídate del asunto —dijo tapándose los oídos con las manos.

—Está bien, está bien —respondí—, pero solo para divertirnos creo que podríamos hacer algo bien grande —dije extendiendo los brazos.

Miguel se paró sobre una silla.

—Sí, quizás podría ir a la escuela en zancos y anunciar a todo el mundo que he crecido cinco pies en una noche.

—¡Así se habla! —le dije sonriendo—. O podrías aprender algún truco y hacer desaparecer todos los libros de la escuela.

—Oye, a lo mejor eso daría resultado —dijo agarrando un sombrero negro y un lápiz—. Abracadabra, genio de luz, manda esos libros a Timbuktú.

Me caí en el suelo de la risa.

—O podrías convertirte en astronauta y saludarnos con la mano desde la Luna —dije saltando por el cuarto como si estuviera en el espacio.

—¿Mi vista me engaña —dijo Miguel saltando también como si estuviera flotando—, o esto parece un queso suizo?

—¿Qué? —grité—. No te puedo escuchar con este casco de cristal que tengo puesto —le dije mientras tocaba una esfera de cristal imaginaria

alrededor de mi cabeza.

Miguel se echó a reír.

—Esos sueños son muy grandes, pero uno nunca sabe qué puede suceder. A lo mejor algún día seré el astronauta Santos, pero por ahora, soy solo Miguel y tengo que hacer mis tareas.

—Está bien —le dije quitándome el casco espacial—. Pero ¿estás seguro de que no deberíamos intentar alguna otra cosa?

—¡Maya! —dijo cruzándose de brazos—. Por favor, ¡no más ideas!

—Como tú digas —le respondí.

Pero ¿no más ideas? Eso no me iba a resultar nada fácil.

E staba haciendo la tarea en mi cuarto cuando de repente, se me encendieron las bolitas del pelo.

¡ESO ES!

Miguel dijo que yo no podía hacer ningún plan, pero no había dicho nada de abuelita.

Enseguida me fui corriendo por el pasillo hacia el apartamento de abuelita.

Me senté a la mesa de su cocina y le expliqué toda la situación. Como no había visto a Paco en todo el día, lo llevé conmigo.

—¿Qué podemos hacer, abuelita? Tengo que demostrar que Miguel es la persona extraordinaria que yo sé que es.

Abuelita puso un plato de buñuelos frente a mí. Mmmm. Me encanta cuando hace postres mexicanos.

—¿Y cómo piensas demostrarle eso a todo el mundo? —me preguntó.

—Bueno, quizás podríamos lanzar a Miguel con un cañón en el intermedio del próximo partido de fútbol —sugerí—. Podría dar tres saltos mortales en el aire y caer de pie como un gato.

Abuelita me miró y negó con la cabeza.

—No, ya sé que tienes razón —le dije—. ¿De dónde sacaríamos un cañón? Umm... quizás podría inscribir a Miguel en una competencia profesional de monopatín para que les diera una lección a los profesionales.

La cara que puso abuelita me convenció de que eso tampoco daría resultado.

Me zampé otro buñuelo mientras pensaba.

—Quizás podríamos exhibir todos sus cuadros en el Centro Social, como en una verdadera galería de arte. ¡Ah!, o podría tratar de romper el récord mundial de algo, como caminar con las manos —le expliqué mientras saltaba de mi silla y me paraba sobre mis manos en medio de la cocina. Mi abuela me agarró de las piernas justo antes de que perdiera el equilibrio.

—Maya —me dijo inclinando la cabeza para mirarme fijamente a los ojos mientras me sostenía por los tobillos—, ¿de verdad crees que cualquiera de esas cosas demostraría que tu hermano es una persona extraordinaria?

Miré a mi abuela. Desde abajo, podía ver el interior de su nariz.

—¿No? —dije insegura—. Solo pensaba que debíamos hacer algo grande.

Me soltó las piernas y me dijo que me volviera a

sentar en mi silla.

—*Mija,* Miguel es extraordinario por la clase de persona que es, no por lo que hace. Siembre habrá alguien más inteligente o más fuerte o más popular, pero nadie podrá ser exactamente como él. ¿Me entiendes?

—Creo que sí, abuelita.

—Creo que sí, creo que sí —graznó Paco.

Abuelita tenía razón, como de costumbre.

U nas semanas después, en el almuerzo, Miguel y yo fuimos a sentarnos en nuestra mesa de siempre. Carlos ya estaba allí, pero parecía triste.

—¿Qué te pasa, Carlos? —le preguntó Miguel sentándose a su lado.

—Sí, ¿por qué estás tan tristón, campeón? —añadí yo—. ¿Por qué esa cara tan rara?

Eso lo hizo sonreír, pero la sonrisa no le duró mucho.

—Acaban de decirle a mi padre que lo van a cambiar de base dentro de unos meses. Me voy a tener que mudar... otra vez.

Carlos estaba jugando con el puré de papas que

había en su plato, moviéndolo de un lado a otro sin comer nada.

—¡Oh! —dijimos Miguel y yo al mismo tiempo. Ahora todos estábamos tristones.

—No quiero mudarme —continuó Carlos—. Con ustedes uno la pasa tan bien. Son los muchachos más chéveres que he conocido en mi vida.

—¿De verdad? —dijo Miguel muy sorprendido.

—¡Sí, de verdad! —respondió Carlos—. Y ahora me tengo que mudar. Nunca estoy más de un año en la misma ciudad. Es tan duro ser siempre "el nuevo". Ustedes tienen suerte porque todos han sido amigos por años.

—¡Oye! —dijo Miguel apretando el hombro de Carlos—. ¿Quién te dijo que si te mudas no podemos seguir siendo amigos?

—Sí —añadí yo—. No te vas a otro planeta, ¿verdad?

Carlos dejó escapar una risita.

—No, pero quizás me vaya a vivir a otro país.

—¿Y qué? —dijo Miguel—. Aunque no nos veamos, podemos escribirnos *e-mails*.

—¿Escribirnos *e-mails*? —repitió Carlos—. Nadie me había ofrecido antes escribirme.

—Bueno, pues alguien lo hizo ahora —le dijo Miguel extendiéndole la mano a Carlos. Se dieron un apretón de manos e intercambiaron direcciones—. Maya y yo te vamos a mantener al tanto de todo para que te sientas siempre parte de la pandilla.

Parecía que Carlos no sabía qué responder, pero ya no parecía estar triste. Y con qué ganas devoró entonces el puré de papas.

Nunca me había sentido tan orgullosa de mi hermano. Miguel era muy chévere, aunque no tuviera el récord mundial de caminar con las manos. Así se lo dije mientras regresábamos a casa.

—Al fin me di cuenta, Miguelito.

—¿De qué?

—De que la manera en que te preocupas por todo el mundo y haces que todo el mundo se sienta especial, te hace extraordinario.

—Bueno, Maya —dijo Miguel poniéndose colorado—, ¿por qué dices esas tonterías?

Pero después se echó a reír y me agradeció.

Todos, Maggie, Chrissy, Theo, Andy y, por supuesto, su segura servidora, rodeamos a Miguel frente a nuestro edificio. Carlos se había ido a vivir a España hacía una semana y Miguel acababa de recibir su primer mensaje por *e-mail*. Todos estábamos ansiosos de tener noticias de Carlos. Paco se había posado en el hombro de Miguel y miraba de vez en cuando el mensaje.

—España es un país increíble —leyó Miguel—. Dile a Theo que no he visto ningún toro todavía, pero que cuando vea uno, le tomaré una foto.

—Y no te olvides de echar a correr apenas lo veas —gritó Theo.

—¡Toro! —dije yo, agitando mi chaqueta roja.

Paco salió volando en dirección a la chaqueta, pero logré levantarla a tiempo.

—¡Toro, toro! —repitió Paco.

Miguel se echó a reír y siguió leyendo:

—He conocido a un par de muchachos, pero no es como andar con ustedes. Te envidio, Miguel, porque tienes siempre a todos tus amigos contigo.

Miguel terminó de leer la carta y nos miró a todos.

—Soy un tipo con suerte —dijo.

—¡Eh, muchachos! Pónganse junto a la pared que les voy a tomar una foto para mandársela a Carlos con nuestro próximo *e-mail* —dijo Chrissy quitándose la cámara digital del cuello—. Tiene obturador automático, así que todos vamos a salir.

Puso el automático y colocó la cámara sobre el hidrante mientras los demás posábamos para la foto.

—¿Qué decimos? —gritó mientras corría a ponerse con nosotros.

—Hay una sola opción —dije sonriendo a nuestros amigos.

En el momento en que se disparó el obturador, todos gritamos: "¡HOLA, CARLOS!".